T0145295

Finding Andy's Home
Auf der Suche nach Andys Zuhause

Story by Gloria D. Gonsalves
Erzählung von Gloria D. Gonsalves

Illustrated by Silja Schüler
Illustrationen von Silja Schüler

Translated by Franziska Maciszonek
Übersetzt von Franziska Maciszonek

BILINGUAL
English | German

AuthorHouse™ UK
1663 Liberty Drive
Bloomington, IN 47403 USA
www.authorhouse.co.uk
UK TFN: 0800 0148641 (Toll Free inside the UK)
UK Local: 02036 956322 (+44 20 3695 6322 from outside the UK)

Because of the dynamic nature of the Internet, any web addresses or links contained in this book may have changed since publication and may no longer be valid. The views expressed in this work are solely those of the author and do not necessarily reflect the views of the publisher, and the publisher hereby disclaims any responsibility for them.

Any people depicted in stock imagery provided by Getty Images are models, and such images are being used for illustrative purposes only.
Certain stock imagery © Getty Images.

This book is printed on acid-free paper.

ISBN: 978-1-7283-7401-7 (sc)
ISBN: 978-1-7283-7402-4 (e)

Print information available on the last page.

Published by AuthorHouse 07/14/2022

authorHOUSE

Contents

WHO IS ANDY?

Andy is a giant tortoise who lives with a family in Germany. However, his origins were initially a mystery to him.

Andy had memories of feeling weak under the scorching sun. He could not move or hide in the moisture hole he had dug. Thankfully, a traveller rescued him. When he woke next, they were onboard a ship.

The stranger named him Andy, and nursed him back to health.

On the ship, he fell asleep.

The next time he woke up, he was in a strange country. He could see no one who looked like him. It was unusually cold. The smell was different too. Andy went to live with a new family.

WER IST ANDY?

Andy ist eine Riesenschildkröte, die mit einer Familie in Deutschland lebt. Seine Herkunft war für ihn jedoch zunächst ein Rätsel.

Andy konnte sich daran erinnern, wie er schwach in der sengenden Sonne lag. Er konnte sich nicht bewegen und in dem feuchten Loch, das er gegraben hatte, verstecken. Zum Glück rettete ihn ein Reisender. Als er aufwachte, war er an Bord eines Schiffes.

Der Fremde gab ihm den Namen Andy und pflegte ihn gesund.

Auf dem Schiff schlief er ein.

Als er das nächste Mal aufwachte, war er in einem fremden Land. Alles sah irgendwie anders aus. Es war ungewöhnlich kalt. Auch der Geruch war anders. Andy zog bei einer neuen Familie ein.

His closest friend was a house cat named Audi. Audi was a curly haired rex cat.

Andy wondered why the cat was given this funny name.

"What does your name mean?" asked Andy.

"The family says when I miaow it sounds like a car engine, and I am German," said Audi.

"Is Audi a car?" asked Andy.

"Yes, it is a German car," explained Andy.

"Maybe you are also fast, like a car. I should try to ride you some day," said Andy.

"What about you? Why are you called Andy? Are you German too?"

"I am not German. The stranger who rescued me was a fan of the *Spartacus* TV series. He was sad when the leading actor died, so he named me after him."

"Are you fearless too, like a Spartan?" asked Audi.

"Well, I am famous, but more for my slow speed," answered Andy.

"Maybe I can take a nap on your back some day," said Audi.

These revelations brought them even closer. Their friendship developed despite their differences. Audi could climb a tree. Andy could jump into a pond and come out spotless. Audi licked himself clean all day. Andy could tolerate high heat. Audi got wet in the rain. Andy could hide in his shell when it rained. Audi could scamper to the end of the garden, then sleep while Andy caught up.

Sein engster Freund war eine Hauskatze namens Audi. Audi war eine Rex-Katze mit lockigem Fell.

Andy wunderte sich über den komischen Namen der Katze.

"Was bedeutet dein Name?", fragte Andy.
"Meine Familie sagt, dass ich mich wie der Motor eines Autos anhöre, wenn ich miaue. Und ich bin deutsch", sagte Audi.
"Ist Audi ein Auto?", fragte Andy.
"Ja, ein deutsches Auto", erklärte Audi.
"Vielleicht bist du auch so schnell wie ein Auto. Ich sollte einmal ausprobieren, mit dir zu fahren", sagte Andy.

"Und du? Warum heißt du Andy? Bist du auch deutsch?"
"Ich bin nicht deutsch. Der fremde Mann, der mich gerettet hat, war ein Fan der Spartacus-Fernsehserie. Er war traurig, als der Hauptdarsteller gestorben ist und hat mich deshalb nach ihm benannt."
"Bist du auch für Mut der Spartaner bekannt?", fragte Audi.
"Hm, bekannt bin ich schon, aber eher für meine Langsamkeit", antwortete Andy.
"Vielleicht kann ich einmal ein Schläfchen auf deinem Rücken machen", sagte Audi.

Diese Entdeckung brachten die beiden einander noch näher. Ihre Freundschaft wuchs trotz ihrer Unterschiede. Audi konnte auf einen Baum klettern. Andy konnte in einen Teich springen und unversehrt wieder herauskommen. Audi reinigte mit seiner Zunge ständig sein Fell. Andy konnte große Hitze aushalten. Audi wurde im Regen nass. Andy konnte sich unter seinem Panzer verkriechen, wenn es regnete. Audi konnte zum anderen Ende des Gartens flitzen und ein Schläfchen machen, während Andy versuchte aufzuholen.

One day, Audi found Andy sitting on the couch, staring at the TV.

"You look thoughtful. What are you thinking about?" asked Audi.
"I want to know more about who I am," said Andy.
"You are a spurred tortoise," answered the cat.
"What does that mean? How do you know this?" enquired Andy.
"I don't know what it means, but I heard the family say this before you were brought here," explained Audi.

Audi jumped up on the couch and sat beside Andy. Soon he started purring.

"You know, if you purr we can't hear the TV," said Andy.
"I can't help it. I purr when I feel comfortable," said Audi.

Eines Tages fand Audi Andy im Wohnzimmer, wo er auf dem Sofa saß und den Fernseher anstarrte.

"Du siehst nachdenklich aus. An was denkst du?", fragte Audi.
"Ich möchte mehr darüber wissen, wer ich bin", sagte Andy.
"Du bist eine Spornschildkröte", antwortete die Katze.
"Was bedeutet das? Woher weißt du das?", erkundigte sich Andy.
"Ich weiß nicht, was es bedeutet, aber ich habe gehört, dass meine Familie das gesagt hat, bevor du hierhergebracht wurdest", erklärte Audi.

Audi sprang aufs Sofa und setzte sich neben Andy. Kurz darauf begann er zu schnurren.

"Wenn du erst einmal anfängst zu schnurren, können wir den Fernseher nicht mehr hören", sagte Andy.
"Ich kann nicht anders. Ich schnurre, wenn ich mich wohlfühle", sagte Audi.

The TV reporter said, "The railroad-spurred economy in—"

Audi bolted upright. "Did you hear that? She said spurred," he said.
"What has a railroad got to do with me?" asked Andy.
"I have an idea. Let's go to the nearest railroad. We might find a clue there," suggested Audi.

The TV reporter continued, "The train workers will be on strike tomorrow. All travellers are asked to use alternative means—"

"What perfect timing! Tomorrow is a strike, and we will be in no danger of being hit by a train," said Andy.

Die Fernsehsprecherin sagte: ""Die von der Bahn angespornte Wirtschaft in ..."

Audi fuhr hoch. "Hast du das gehört? Sie hat "Sporn" gesagt!", rief er.
"Was hat die Bahn mit mir zu tun?", fragte Andy.
"Ich habe eine Idee. Lass uns zu den Bahngleisen gehen. Vielleicht finden wir dort einen Hinweis", schlug Audi vor.

Die Fernsehsprecherin fuhr fort: "Morgen streiken die Mitarbeiter der Bahn. Alle Reisenden werden gebeten, alternative -"

"Perfekt! Morgen wird gestreikt und wir laufen nicht Gefahr, von einem Zug angefahren zu werden", sagte Andy.

A QUEST TO VISIT THE RAILWAY LINE

The next day, while the family gathered for breakfast, Andy and Audi left the house. Audi was so excited about their adventure he recited Mory Kanté's song:

Yékéké Andy yé ké yé ké
Yékéké Audi yé ké yé ké

"Goodness! Now I know why your name is Audi," said Andy.
"Why?" asked Audi.
"You have a very special voice," Andy added. "Please continue singing."
"You should dance," said Audi.

Andy rotated his head to the left and right, following Audi's singing.

"Andy, surely you can walk faster than this," joked Audi.

"Well, I did not know we were on a racing quest. If I had known, I would have trained to beat the world record sprint for a tortoise," said Andy.

"And what speed is that?" asked Audi.

"0.28 metres per second," said Andy.

"How did you know this?" asked Audi.

"I read it in a magazine while you were napping," said Andy.

"I wonder what made the tortoise run that fast," wondered Audi.

"Strawberries," said Andy matter-of-factly.

The happy pair continued their journey to the train tracks.

AUF ZU DEN BAHNGLEISEN

Am nächsten Tag, als sich die Familie zum Frühstücken an den Tisch setzte, verließen Andy und Audi das Haus. Audi war so aufgeregt, dass er Mory Kantés Lied sang:

Yékéké Andy yé ké yé ké
Yékéké Audi yé ké yé ké

"Meine Güte! Jetzt weiß ich, warum du Audi heißt", sagte Andy.
"Warum?", fragte Audi.
"Du hast eine ganz besondere Stimme", fügte Andy hinzu. "Bitte sing weiter."
"Du solltest tanzen", sagte Audi.

Andy bewegte seinen Kopf im Rhythmus von Audis Gesang von rechts nach links.

"Andy, du kannst doch bestimmt schneller gehen", witzelte Audi.
"Ich wusste ja nicht, dass wir ein Wettrennen machen. Dann hätte ich trainiert, um den Schildkröten-Weltrekord im Sprinten zu brechen", sagte Andy.
"Und was für eine Geschwindigkeit ist das?", fragte Audi.
"0,28 Meter pro Sekunde", sagte Andy.
"Woher weißt du das denn?", fragte Audi.
"Ich habe es in einer Zeitschrift gelesen, während du ein Schläfchen gemacht hast", sagte Andy.
"Ich frage mich, was die Schildkröte dazu gebracht hat, so schnell zu rennen", überlegte Audi.
"Erdbeeren", sagte Andy sachlich.

Die beiden setzten fröhlich ihren Weg zu den Bahngleisen fort.

Along the train tracks, it was unusually quiet.

Andy and Audi walked right and then left, forward and backward, trying to find a clue or sign that would reveal Andy's origins.

"Do you feel anything familiar?" asked Audi.
"Nothing at all. We better head back home before the family suspects anything," said Andy.
"Maybe we should visit the Immigration Office," suggested Audi.

An den Bahngleisen war ungewöhnlich wenig los.

Andy und Audi gingen erst nach rechts, dann nach links und schließlich vorwärts und rückwärts. Sie versuchten, ein Zeichen oder einen Hinweis auf Andys Herkunft zu finden.

"Fühlt es sich irgendetwas bekannt an?", fragte Audi.
"Überhaupt nicht. Wir gehen besser zurück nach Hause, bevor meine Familie Verdacht schöpft", sagte Andy.
"Vielleicht sollten wir zum Ausländeramt gehen", schlug Audi vor.

THE IMMIGRATION OFFICE

One day, after the parents took the children to school and had gone to work, Audi and Andy left the house in search of the Immigration Office.

"Do you know where it is?" asked Andy as they walked down the road. "No, but we can ask that police officer," said Audi.

They approached the officer.

"Excuse us, sir. Where is the Immigration Office?" they both chorused.

The police officer pointed them in the right direction.

The journey gave Audi an excellent opportunity to introduce Andy to different places.

"That is the Rhine, the biggest river in Germany.

"And that is the market where a kind butcher gives me a free sausage.

"I love to go inside that café because the owner gives good cat massages."

Andy listened and beamed alongside his friend until they arrived at the Immigration Office.

DAS AUSLÄNDERAMT

Eines Tages, nachdem die Eltern die Kinder zur Schule gebracht hatten und zur Arbeit gegangen waren, verließen auch Audi und Andy das Haus auf der Suche nach dem Ausländeramt.

"Weißt du, wo es ist?", fragte Andy.
"Nein, aber wir können den Polizisten dort fragen", sagte Audi.

Sie gingen zu dem Polizisten.

"Entschuldigen Sie bitte, wo ist das Ausländeramt?", fragten die beiden im Chor.

Der Polizist zeigte ihnen die Richtung.

Der Weg dorthin war eine gute Gelegenheit für Audi, Andy die Umgebung zu zeigen.

"Das ist der Rhein, der größte Fluss Deutschlands."
"Und das ist der Markt, wo ein freundlicher Metzger mir immer ein Würstchen schenkt."
"Ich gehe gerne in dieses Café, weil der Besitzer so gute Katzenmassagen gibt."

Andy hörte zu und lief strahlend neben seinem Freund her, bis sie beim Ausländeramt ankamen.

Inside the Immigration Office, Andy and Audi had to complete a form first.

"I will complete the form too," said Audi.

"Why?" asked Andy.

"So you don't feel alone," said Audi.

"I don't know my surname," said Andy.

"Me either," said Audi.

"Who is your favourite actor?" asked Audi.

"Morgan Freeman. If I had his voice, you would see me in a talent show. Why do you ask?" said Andy.

"So your name can be Andy Freeman," said Audi.

"What about you? Who is your favourite actor?" asked Andy.

"Jackie Chan. We should try his fighting moves on that mean dog next door," said Audi.

"Okay, so make your full name Audi Chan," said Andy.

Beim Ausländeramt mussten Andy und Audi zuerst ein Formular ausfüllen.

"Ich werde das Formular auch ausfüllen", sagte Audi.
"Warum?", fragte Andy.
"Dann fühlst du dich nicht so allein", sagte Audi.
"Ich kenne meinen Nachnamen nicht", sagte Andy.
"Ich auch nicht", sagte Audi.
"Wer ist dein Lieblingsschauspieler?", fragte Audi.
"Morgan Freeman. Wenn ich seine Stimme hätte, dann würdest du mich in einer Talentshow sehen! Warum fragst du?", sagte Andy.
"Also kann dein Name Andy Freeman sein", sagte Audi.
"Was ist mit dir? Wer ist dein Lieblingsschauspieler?", fragte Andy.
"Jackie Chan. Wir sollten seine Kampftechniken mal an dem gemeinen Nachbarshund ausprobieren", sagte Audi.
"Okay, also gib dir den Namen Audi Chan", sagte Andy.

After completing their forms, they entered an office with a sign that reads *Aufenthaltsberechtigung* (Residence Permit) and met Mrs Fischer.

Andy explained they were there because he wanted to know who he really was. He asked a lot of questions: Why were there no tortoises in Germany? Where had he come from? What was a spurred tortoise?

Mrs Fischer wrote down some notes and checked her computer.
"Leave the form with me," she said. "The office will send a letter with the information after reviewing your request."

Nachdem sie ihre Formulare ausgefüllt hatten, gingen sie in ein Büro mit dem Schild "Aufenthaltsberechtigung". Dort trafen sie Frau Fischer.

Andy erklärte, dass sie da waren, weil er wissen wollte, wer er wirklich war. Er stellte viele Fragen: Warum gab es keine Schildkröten in Deutschland? Woher war er gekommen? Was war eine Spornschildkröte?

Frau Fischer machte sich Notizen und schaute in ihrem Computer nach. "Lasst das Formular bei mir", sagte sie. "Das Amt wird dir nach Prüfung des Antrags ein Schreiben zusenden."

BELLY EXCHANGE

On their way home, they stopped at a supermarket to buy fresh lettuce for Andy and canned tuna for Audi.

"Maybe we should get you some strawberries too," said Audi.
"I don't know if I like them. I prefer lettuce," said Andy.
"I will try them out with you," said Audi.
"Alright. Let's get some strawberries, too," said Andy.

"How do you say tortoise in German?" asked Andy.
"Schildkröte," answered Audi.
"And cat?" asked Andy.
"Katze," answered Audi.
"Maybe my surname should have been Schildkröter and yours, Katzer," said Andy.

Audi bellowed with laughter.

"Where did you get such an idea?" asked Audi.
"Her surname was Fischer. Maybe she is related to a fish or married to a fish?"
"Dear friend, you are my favourite comedian," said Audi.

They laughed all the way home.

BAUCHTAUSCH

Auf dem Heimweg hielten sie an einem Supermarkt, um frischen Kopfsalat für Andy und eine Dose Thunfisch für Audi zu kaufen.

"Vielleicht sollten wir auch Erdbeeren für dich holen", sagte Audi.

"Ich weiß nicht, ob sie mir schmecken. Lass uns lieber einen Kopfsalat nehmen", sagte Andy.

"Ich probiere sie mit dir zusammen", sagte Audi.

"Okay. Lass uns auch Erdbeeren holen", sagte Andy.

"Weißt du das Wort für Tortoise auf Deutsch?", fragte Andy.

"Schildkröte," antwortete Audi.

"Und Cat?", fragte Andy.

"Katze", antwortete Audi.

"Vielleicht hätten unsere Nachnamen Schildkröter und Katzer sein sollen", sagte Andy.

Audi lachte schallend.

"Wie bist du denn auf diese Idee gekommen?", fragte er.

"Ihr Nachname war Fischer. Vielleicht ist sie mit einem Fisch verwandt oder mit einem Fisch verheiratet?"

"Mein lieber Freund, du bist mein Lieblingskomiker", sagte Audi.

Sie lachten den ganzen Heimweg lang.

THE LETTER

One morning, Andy and Audi went into the garden to play their favourite game they called Parking.

Audi was the parking inspector and Andy the driver. Audi prepared lots of stickers while Andy rolled stones around with his head and arranged them like parking lines. Afterwards, Audi stuck the stickers on Andy's shell.

The stickers read: "the head is outside the line", "remove the tail", "reversing is not moonwalking", "perfect like a VW Beetle", and "the coolest four-wheel-drive".

They laughed hysterically at each sticker as they continued to play their game.

Around noon, the postal delivery officer arrived with a letter for Andy. Audi and Andy read it together.

DER BRIEF

Eines Morgens gingen Andy und Audi in den Garten, um ihr Lieblingsspiel zu spielen, das sie "Parken" nannten.

Audi war der Parkkontrolleur und Andy der Fahrer. Audi bereitete viele Aufkleber vor, während Andy mit seinem Kopf Steine herumrollte und mit ihnen Parkplätze markierte. Audi klebte die Sticker auf Andys Panzer.

Auf den Stickern stand: "Der Kopf ist über der Linie", "Bitte den Schwanz einziehen", "Rückwärtsfahren ist kein Moonwalk", "Perfekt wie ein VW-Käfer" und "Das coolste Allrad-Auto".

Während sie weiterspielten, mussten sie wie verrückt über jeden einzelnen Sticker lachen.

Um die Mittagszeit kam der Postbote mit einem Brief für Andy. Audi und Andy lasen ihn gemeinsam.

Dear Mr Andy Freeman,

You are a spurred tortoise who was legally brought to this country as a pet. Spurred tortoises are only found in Africa. They are the third-largest tortoise in the world.

Your exact origins are unknown since you were found on the edges of the Sahara Desert. The desert is located in North Africa.

Your primary food is plants and grasses. As a minor, we encourage you to remain where an adult can take care of you and where there is a lot of grass to eat.

We are also aware you have made efforts to integrate. Your friendship with Audi the cat is something we urge you to continue.

We hope you choose to stay here.

Kind regards,

The Immigration Office

Sehr geehrter Herr Freeman,

Sie sind eine Spornschildkröte, die legal als Haustier in dieses Land gebracht wurde. Spornschildkröten gibt es nur in Afrika. Sie sind die drittgrößte Schildkrötenart der Welt.

Ihr genauer Herkunftsort ist nicht bekannt, da Sie am Rande der Sahara gefunden wurden. Diese Wüste liegt in Nordafrika.

Sie ernähren sich hauptsächlich von Pflanzen und Gräsern. Da Sie minderjährig sind, empfehlen wir, dort zu bleiben wo sich Erwachsene um Sie kümmern und es viel Gras zu fressen gibt.

Wir wissen auch, dass Sie sich Mühe geben, sich zu integrieren. Wir wünschen uns, dass Sie die Freundschaft mit Audi der Katze fortsetzen.

Wir hoffen, dass Sie sich dafür entscheiden hierzubleiben.

Mit freundlichen Grüßen

Das Ausländeramt

Audi couldn't contain himself.

"My friend is the third-largest tortoise in the world. *Vroom. Vroom,*" roared Audi.

"This explains a lot. However, I wonder what the Sahara Desert is like," said Andy.

"We can watch a film to find out," said Audi. "Let's do some karaoke to celebrate the news."

"How about we recite a poem?" asked Andy.

They sat down and came up with lines about each other.

My friend Audi is funny and crafty,
not like the rowdy dog who is dowdy.
My friend Andy is giddy and happy,
not like the groggy dog who is grumpy.

Then they recited the poem together until their voices gave out.

80 – 100 kg
ca. 70 Jahre

ca. 100 cm

Audi konnte sich nicht zurückhalten.

"Mein Freund ist die drittgrößte Schildkröte der Welt! *Brumm. Brumm*",
dröhnte er.
"Das erklärt vieles. Ich frage mich aber, wie es wohl in der Sahara ist",
sagte Andy.
"Wir können einen Film schauen, um es herauszufinden", sagte Audi.
"Komm, lass uns Karaoke singen, um die Neuigkeiten zu feiern."
"Wie wäre es, wenn wir zusammen etwas dichten?", fragte Andy.

Sie setzten sich hin und überlegten sich Reime übereinander.

Mein lieber Freund Audi ist lustig und schlau,
auch der Hund, der gemeine, der weiß das genau.
Mein lieber Freund Andy ist mutig und groß
auch der Hund, der gemeine, der weiß: ganz famos.

Sie wiederholten das Gedicht so lange, bis sie nicht mehr konnten.

HOME

Days later, Andy was thoughtful.

"What are you thinking?" asked Audi.
"I think this is a safe home for me. I like being your friend," said Andy.
"I was worried you might leave me. It is so much fun with you here. I am glad you feel at home," declared Audi.
"Besides, I might be safer here, away from the heat and drought that landed me in trouble in the first place," added Andy.

Andy decided he had found his home and a best friend in Germany.

THE END

ZUHAUSE

Einige Tage später wurde Andy nachdenklich.

"Was denkst du?", fragte Audi.

"Ich denke, hier ist ein sicheres Zuhause für mich. Ich bin gerne dein Freund", sagte Andy.

"Ich hatte Angst, dass du mich verlassen würdest. Es ist so lustig mit dir hier. Ich bin froh, dass du dich zu Hause fühlst", verkündete Audi.

"Außerdem ist es hier wahrscheinlich sicherer, weit entfernt von der Hitze und Trockenheit, die mich überhaupt erst in Schwierigkeiten gebracht haben", fügte Andy hinzu.

Andy hatte sein Zuhause und seinen besten Freund in Deutschland gefunden.

ENDE

If your child liked this book and you did too, please write a review on Amazon or Goodreads. Your feedback will help me serve you with more good stories.

Wenn Ihrem Kind und Ihnen dieses Buch gefallen hat, dann schreiben Sie bitte eine Rezension auf Amazon oder Goodreads. Ihr Feedback hilft mir, weitere Geschichten für Sie zu schreiben.

Explore Friendship and Kindness from Other Tales

Lamellia: The Kingdom of Mushrooms. In this delightful educational picture book, you will learn about different types of mushrooms and how they use their abilities to care for a human baby. During this fun-filled adventure, you will discover the importance of kindness, tolerance, and acceptance.

Lamellia: The Wicked Queen. This is a story about Nobilia, queen of the mushroom kingdom. In this fascinating illustrated tale, you will learn the importance of showing kindness, following rules and understanding consequences.

Lamellia: The Wizard in the Forest. This is the third part in the series about the wizard living in the Greener Forest of the Lamellia Kingdom and the mystery of the sad song. This adventure-packed fable will reveal the importance of being kind or brave, the consequences of our actions, and a subtle lesson about jealousy.

Erkunden Ihr Kind und Sie die Bedeutung von Freundschaft und Liebenswürdigkeit mit weiteren Geschichten

Lamellia: Das Königreich der Pilze. In diesem bezaubernden, lehrreichen Bilderbuch erfahren Ihr Kind und Sie mehr über verschiedene Pilzarten und wie diese ihre Fähigkeiten nutzen, um sich um ein menschliches Baby zu kümmern. Im Verlauf dieses lustigen Abenteuers entdecken Sie gemeinsam die Bedeutung von Freundlichkeit, Güte, Toleranz und Akzeptanz.

Lamellia: Die Böse Königin. In dieser Geschichte geht es um Nobilia, die Königin der Pilze. In diesem wunderschön illustrierten Märchen lernt Ihr Kind, wie wichtig es ist, freundlich zu sein, Regeln zu befolgen und Konsequenzen zu verstehen.

Lamellia: Der Zauberer des Waldes. Der dritte Teil der Lamellia-Serie handelt von dem Zauberer, der im Grüneren Wald des Lamellia-Königreichs lebt und von dem Geheimnis des traurigen Liedes. Diese Abenteuerfabel zeigt, wie wichtig es ist, freundlich und mutig zu sein und zu verstehen, dass unser Handeln Konsequenzen hat. Enthalten ist auch eine spielerisch erzählte Episode über Neid.

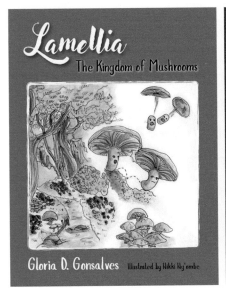 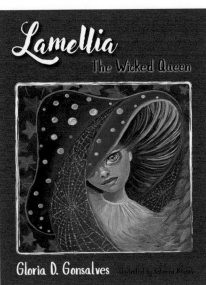 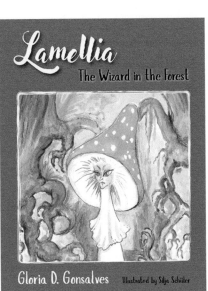

Danloria: The Secret Forest of Germania. This is a story about Stan, a little boy who enjoyed visiting the forest with his father. One day, his dad fell sick, and wisely Fern led Stan to the forest. In this fantasy tale, you will meet prominent residents of the forest and discover the many ways they can benefit human life.

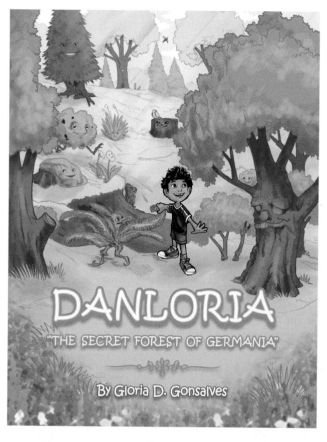 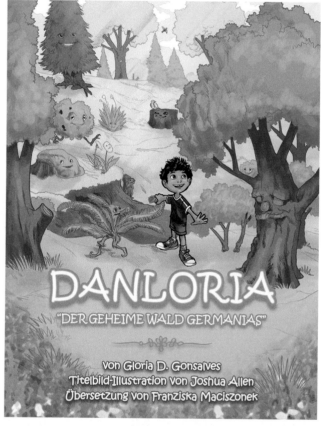

Danloria: Der Geheime Wald Germanias. In dieser Geschichte geht es um Karl, einen kleinen Jungen, der Waldspaziergänge mit seinem Vater liebt. Eines Tages ist sein Vater krank und so führt der weise Farn Karl in den Wald. In dieser Fantasiegeschichte treffen Ihr Kind und Sie viele bekannte Waldbewohner und entdecken, auf welch vielfältige Weise diese dem menschlichen Leben nutzen können.

Jai the Albino Cow / Jai Ng'ombe Zeruzeru. This is a bilingual (English and Kiswahili) story about Anjait (Jai), an Ankole cow who lived with her family in Kole Hills. Jai suffers from albinism. Other cows thought she was cursed. One day, Jai shocked other cows for doing something that no other cow did before. She also surprised them with a magical skill. In this story, your child will learn the importance of showing kindness and respect to everyone, even if they look different.

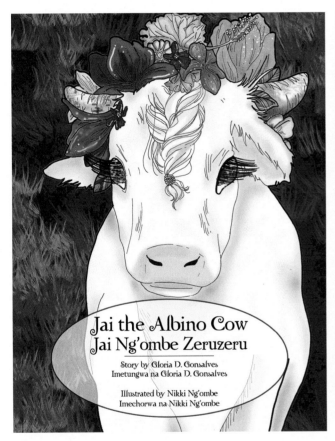

Jai, die Albino-Kuh / Jai Ng'ombe Zeruzeru. In dieser zweisprachigen (Deutsch und Kisuaheli) Geschichte geht es um Anjait (Jai), eine Ankola-Kuh, die mit ihrer Familie auf den Weiden der Kole-Hügel lebt. Jai ist eine Albino-Kuh. Die anderen Kühe denken, sie sei verflucht. Eines Tages beeindruckt Jai die anderen Kühe mit etwas, das noch nie eine andere Kuh vorher getan hat. Und sie überraschte alle mit ihrer magischen Fähigkeit. In dieser Geschichte lernt Ihr Kind, wie wichtig es ist, allen Menschen Freundlichkeit und Respekt zu erweisen, auch wenn sie anders aussehen.

About the Author

Gloria D. Gonsalves, also fondly known as Auntie Glo, is from Tanzania and lives in Germany. She hopes you meet many interesting people in life and have no fear of whom they are or where they are from.

About the Illustrator

Silja Schüler learned to paint from her grandfather. She loves creative works and the world of fantasy since childhood. After her apprenticeship as a ceramist, she studied design. Then she took time off to raise her five sons. She now works mostly as a freelance illustrator.

Über die Autorin

Gloria D. Gonsalves, die liebevoll auch Tante Glo genannt wird, kommt aus Tansania und lebt in Deutschland. Sie hofft, dass du viele interessante Leute treffen und keine Angst davor haben wirst, wer sie sind und woher sie kommen.

Über die Illustratorin

Silja Schüler lernte das Malen von ihrem Großvater. Seit ihrer Kindheit liebt sie kreatives Arbeiten und Fantasiewelten. Nach ihrer Ausbildung zur Keramikerin studierte sie Design. Danach nahm sie sich eine Auszeit, um ihre fünf Söhne großzuziehen. Heute arbeitet sie hauptsächlich als freiberufliche Illustratorin.